Heel veel kusjes, tralala

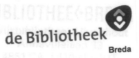

Anton van der Kolk

Heel veel kusjes, tralala

Met tekeningen van
Juliette de Wit

 Zwijsen

NEDERLANDSE
KINDERJURY
2005

Boeken met dit vignet zijn op niveaubepaling geregistreerd en gecontroleerd
door KPC Onderwijs Adviseurs te 's-Hertogenbosch

1e druk 2004

ISBN 90.276.7750.6
NUR 283

© 2004 Tekst: Anton van der Kolk
Illustraties: Juliette de Wit
Omslagontwerp: Rob Galema
Uitgeverij Zwijsen B.V., Tilburg

Voor België:
Zwijsen-Infoboek, Meerhout
D/2004/1919/285

Inhoud

Een nieuw leven

Ik moet het rustig vertellen. Hoe moeilijk dat ook is, want mijn gedachten buitelen over elkaar heen. Hoe kun je rustig blijven, als je een nieuw leven moet beginnen? Een nieuw leven dat je helemaal niet wilt! Ik was heel tevreden met mijn oude leven. Mijn leven op Curaçao.

Rustig! Ik moet het rustig vertellen.

Laat ik beginnen bij het begin.

Ik ben geboren in Nederland, in een klein dorp waarvan ik de naam niet meer weet. We zijn er nooit teruggeweest.

Toen ik twee jaar was, verhuisden we naar Curaçao, omdat mijn vader daar ging werken. Van die tijd in Nederland herinner ik me niets.

We zijn wel twee keer op vakantie geweest bij familie in Amersfoort en toen heb ik ook de Efteling bezocht en Katwijk aan Zee.

En Madurodam.

Dat heb ik goed onthouden, omdat werd verteld dat het genoemd was naar de familie Maduro uit Curaçao. Ik heb daardoor lang gedacht dat Curaçao veel belangrijker was dan Nederland. Vooral omdat er op Curaçao ook een familie woont die Holland heet.

Kijk, dacht ik, ze hebben niet alleen Madurodam naar iemand uit Curaçao vernoemd, maar ook het hele land.

Nu weet ik dat het heel anders in elkaar zit. Maar voor mij is het gewoon waar: Curaçao is belangrijker, omdat ik er ben opgegroeid.

Voor mij bestaat Nederland uit Amersfoort, een pretpark en een strand. En koud zeewater. Wat is de Noordzee koud, zeg! Zelfs in de zomer.

Ik ben gewend om in de Caribische zee te zwemmen. Daar kun je lekker snorkelen en kwallen zie je er niet.

Je moet het me niet kwalijk nemen, als ik af en toe mopper op Nederland. Ik schrijf dit allemaal op in de hoop dat je me een beetje begrijpt.

Nederland is echt geen slecht land. Dat zul je mij niet horen zeggen, maar het is niet mijn land, al ben ik er geboren.

Ik heb dus zo ongeveer mijn hele leven op Curaçao gewoond. Nu gaat het bedrijf van mijn vader verhuizen naar Nederland. Mijn moeder, mijn zusje Tanja en ik moeten mee.

Ik heb er niet om gevraagd en ik heb het ook niet gewild, maar wat heb je te willen als je elf jaar bent? Dan hoor je bij je ouders en als die verhuizen, verhuis je mee. Net zoals de koelkast en de frituurpan. Je hoort gewoon bij de inboedel.

'Ik heb wel weer zin om terug te gaan,' zei mijn vader. 'Er zijn veel dingen in Nederland die ik heb gemist. Ik hoop dat de volgende winter streng is. Dan kan ik eindelijk weer eens schaatsen.'

'Ik was liever hier gebleven,' zei mijn moeder met spijt in haar stem. Ze houdt heel veel van Curaçao, net zoals ik.

'Maar het is wel fijn om weer dicht bij mijn ouders te wonen.'

Zo verzinnen ze allemaal wat om net te doen of onze verhuizing ergens goed voor is.

Ik kan niks bedenken. Echt niet!

Mijn zusje is pas vijf. Die snapt nauwelijks wat haar overkomt. Ze is blij omdat ze denkt dat ze voor het eerst in haar leven met het vliegtuig gaat. Het is haar tweede keer, maar van de eerste herinnert ze zich niets.

Bij elk vliegtuig wijst ze naar de hemel.

'Is dat ons vliegtuig, mam?' vraagt ze dan.

Ze heeft echt geen benul, dat zusje van me.

Mijn vader is al een tijdje in Nederland. Om zaken te regelen en het huis in te richten.

'Je krijgt een mooie, grote kamer,' zei hij. 'Een zolderkamer. Helemaal voor jou alleen.'

Wat moet ik met een grote kamer? Ik heb een kleine slaapkamer en daar ben ik heel tevreden mee. Ik gebruik hem alleen om te slapen, want ik ben bijna altijd buiten.

In Nederland leven de mensen meer binnen, omdat het er vaak koud is.

Nou, daar zit ik dan op mijn mooie, grote zolderkamer. Alleen maar, omdat het te koud is om buiten te spelen.

Ik heb trouwens ook gehoord dat Nederland zo vol is dat je er nauwelijks nog buiten kunt spelen. Dat de wegen en straten helemaal vol staan met auto's.

Ik zeg het nog maar eens: ik wil niets slechts zeggen van Nederland. Echt niet. Ik zie er alleen zo vreselijk tegenop om hier weg te gaan. Ik ga ervan huilen en ik ben heus geen huilebalk.

Ik moet alles wat er gebeurt in mijn nieuwe leven rustig vertellen. Ik hoop echt dat je me een beetje begrijpt.

Vertraging

Een geluk bij een ongeluk. Ons vliegtuig had vertraging.

Om negen uur 's avonds waren we, mijn moeder, Tanja en ik, op vliegveld Hato.

Daar kregen we te horen dat ons vliegtuig niet om tien uur vertrekt, maar op zijn vroegst om twee uur 's nachts. Maar het kon ook nog later worden.

Het vliegtuig stond vast in Peru met motorkleppen die niet werkten.

'Die moeten eerst gerepareerd worden,' zei de man achter de incheckbalie.

Mijn moeder zuchtte heel diep. 'Wat moet ik nu?' riep ze uit. 'Ik kan toch niet de hele nacht hier blijven met twee kinderen?'

De man keek haar schaapachtig aan.

'Ik kan er ook niets aan doen, mevrouw,' zei hij. 'U kunt wel alvast inchecken.'

Mijn moeder zuchtte weer heel diep.

'Wat een toestand,' zei ze. Ze keek om zich heen alsof ze iemand zocht die haar kon helpen. Maar de vertrekhal van het vliegveld was zo goed als leeg. Er zat slechts een man op een stoeltje suffig voor zich uit te kijken.

'Kom,' zei mijn moeder. 'We zoeken wel een hotel. We blijven hier niet wachten.'

Ze gaf onze koffers af en vroeg de man of hij een taxi

wilde bellen.

'We gaan naar een hotel in Willemstad,' zei ze.

Weer schudde ze met haar hoofd. Ik liet niet merken dat ik het helemaal niet erg vond. Hoe langer de reis werd uitgesteld hoe beter.

De volgende ochtend om zeven uur werd ik wakker in een hotelkamer. Mijn moeder en Tanja sliepen nog, naast elkaar in een tweepersoonsbed.

Het duurde een paar minuten voordat ik me herinnerde wat er de vorige avond was gebeurd.

Maar, maar … het vliegtuig zou toch vannacht vertrekken? Hadden we het gemist? Had mijn moeder zich verslapen?

Ik stapte mijn bed uit en ging naar mijn moeder toe. Ik schudde zachtjes aan haar schouder, maar ze sliep door. Ach, dacht ik, laat ook maar.

Ik ging naar het raam en keek uit over de Sint Annabaai. De pontjesbrug, die eigenlijk Koningin Emmabrug heet, was open en er voer een enorm cruiseschip de baai binnen. Ik telde zes verdiepingen. Het is een raadsel waarom zo veel mensen ervan houden om een cruise te maken in zo'n drijvende stad. Wat is daar de lol van? Waarom zou je in een zwembad op een luxe schip willen zwemmen als je ook naar een mooi strand kunt gaan en zwemmen tussen het koraal en tussen vissen met de prachtigste kleuren?

'Ben je al wakker, Leslie?'

Ik draaide me om en zag mijn moeder rechtop in bed zitten.

'Geniet nog maar even van het uitzicht,' zei ze. 'Vandaag zijn we nog in Willemstad. Ik heb vannacht nog naar het vliegveld gebeld. Het vliegtuig vertrekt pas om zes uur vanavond.'

Ik hoopte dat het vliegtuig nog veel langer aan de grond zou blijven staan. Maar diep in mijn hart wist ik dat dit echt de laatste dag op mijn eiland was.

Denise

Die middag gingen we de stad in.
We liepen naar de pontjesbrug, maar net voordat we daar aankwamen, ging hij opnieuw open. Of dicht. Ik weet nooit hoe ik dat zeggen moet. Voor ons ging hij dicht, maar voor weer een gigantisch cruiseschip dat vanaf zee kwam aanvaren, ging hij open.

'Kom,' zei mijn moeder, 'we nemen de veerpont.'

'Jammer,' zei ik, want ik hield van de brug, die altijd deinde als een schip. Ik was er graag nog een keer over gegaan, want misschien was het wel de laatste keer. Ik nam alles in me op, alsof het de laatste keer was dat ik het zag. De huizen aan de overkant, die zo mooi geschilderd waren in zachte blauwe, roze en groene kleuren.

De hoge Koningin Julianabrug, die zo hoog was omdat de zeeschepen en cruiseschepen eronderdoor konden varen. Wat was Curaçao toch mooi …

We stapten op de pont en gingen bij de reling staan.

De pont draaide en voer achteruit naar de overkant.

'Hé, Leslie-boi.'

Ik keek achterom.

'Denise!' riep ik. Denise is een meisje uit mijn klas.

Ze was samen met haar moeder.

'Blijf je toch maar bij ons?' vroeg ze.

'Was het maar waar,' zei ik. 'Ons vliegtuig had vertraging. We vertrekken vanavond.'

We keken elkaar een tijdje aan. Wat kon ik nog zeggen? Eergisteren had ik al uitgebreid afscheid genomen van mijn klas.

'Het vliegtuig staat met een kapotte motor in Peru. Dat zal me een lekker vliegtuig zijn,' zei ik. 'Het is maar de vraag of we levend in Nederland aankomen.'

'Kom, kom,' zei mijn moeder. 'Het wordt toch gerepareerd.'

'Leuk, dat ik je nog even zie,' zei Denise.

'Ja,' zei ik. Ik keek in haar ogen. Denise was het leukste meisje van mijn klas. Ik zou haar erg missen. Misschien wel het meest van alle kinderen.

'Schrijf je me?' vroeg ze.

'Dat is een goed idee,' zei haar moeder. 'Heeft hij jouw adres?'

De pont legde aan en we stapten uit.

'Willen jullie iets drinken?' vroeg mijn moeder.

'Een ander.. Ach hemel, moet je mij horen. Een ander keertje, wilde ik zeggen. Ach ja, het is goed. Het is een bijzonder moment, zo vlak voor jullie vertrek.'

We gingen op een terrasje zitten en mijn moeder bestelde drankjes.

'Kan ik mooi mijn laatste guldens opmaken,' zei ze. 'Die zijn in Nederland niks waard.'

'Wij hebben tenminste nog onze eigen guldens,' zei de moeder van Denise lachend. 'Jullie hebben de euro tegenwoordig.'

Ik zag het gezicht van moeder verstrakken bij het woordje 'jullie'. We hoorden er al niet meer bij. Nog voordat we goed en wel waren vertrokken, waren we al 'jullie' geworden. Misschien waren we het wel altijd geweest, in de ogen van de andere Antillianen.

Denises moeder zag het.

'O!' riep ze uit. 'Zo bedoel ik het niet, hoor.'

'Geeft niet,' zei mijn moeder. 'Tenslotte zijn we ook Nederlanders, maar zo voelt het niet. Ik zal erg moeten wennen.'

Denises moeder pakte een bloknootje en een pen uit haar tas en gaf ze aan Denise.

'Schrijf maar op,' zei ze.

De ober bracht de vruchtendrankjes en mijn moeder betaalde met haar laatste Curaçaose guldens.

Denise gaf me het briefje. Niet alleen haar naam en adres stonden erop, maar ook haar e-mailadres en telefoonnummer.

Ik voelde me warm worden van binnen, want Denise vond mij zeker ook leuk, anders had ze nooit zo uitgebreid al haar gegevens aan me gegeven.

Ik bedoel: ik wist wel dat ze me leuk vond, maar misschien vond ze me zelfs meer dan gewoon leuk. Zoals ik haar ook meer dan gewoon leuk vond, maar dat had ik nooit tegen haar gezegd.

Ze keek me aan en ik keek haar aan.

Ik voelde plotseling dat ik verliefd op haar was. Juist op het moment dat we afscheid moesten nemen, voelde ik het heel duidelijk.

Ik kreeg zo'n raar gevoel in mijn maag.

Die ogen! Die glimlach!

Ik werd er draaierig van. Ik vouwde het papiertje dub-

bel en stopte het in mijn portemonnee.

'Zo,' zei de moeder van Denise, toen ze haar drankje ophad, 'we moeten weer verder.'

Mijn zusje stond aan de waterkant naar de boten te kijken. Ze was nog wel klein, maar het leek er toch op dat ze heel goed wist wat er ging gebeuren.

'Ik wens jullie heel veel geluk in Holland,' zei de moeder van Denise.

'*Macha danki*,' zei mijn moeder in het Papiaments. 'We zien elkaar vast nog weleens terug.'

'Niet vergeten te schrijven, hoor,' zei Denise.

Ik schudde mijn hoofd.

Ik was sprakeloos en in de war. Hoe was het mogelijk dat ik juist nu merkte dat ik verliefd op haar was?

Ik weet niet meer wat er de rest van de dag is gebeurd. Alleen dat ik het gezicht van Denise de hele tijd voor me zag. Ik was een beetje verdoofd.

Pas in het vliegtuig werd ik wakker uit mijn verdoving en gleden er tranen over mijn wangen. Het was niet te stuiten. Er kwamen er steeds meer en ik snikte en snikte.

Mijn moeder legde een arm om mijn schouders en zei zachtjes: 'Ach, liever. Liever toch.'

'Wat is er met Les?' hoorde ik mijn zusje vragen. 'Mama, waarom moet Les huilen?'

'Laat hem maar,' zei mijn moeder. Ik legde mijn hoofd als een klein kind op haar schoot en huilde totdat ik in slaap viel.

Slaap lekker, lieve Leslie

In het vliegtuig droomde ik van Denise.
Tenminste, ik denk dat ik droomde, maar het leek echt.
Mijn moeder las een boek en Tanja sliep met haar duim in haar mond.
Plotseling zag ik Denise in het gangpad staan.
'Hallo, lieve Leslie,' zei ze. 'Vind je het goed dat ik met je meereis?'
'Denise!' riep ik uit.
Mijn moeder keek verbaasd op.
'Wat is er, Leslie?' vroeg ze.
'Mama,' zei ik, 'Denise is in ons vliegtuig. Ze is met ons meegegaan.'
'Ach, Leslie toch,' zei ze, 'je droomt. Het is vast een fijne droom. Slaap maar lekker door.'
'Maar mama,' zei ik, 'zie je haar niet?'
'Je moeder kan me niet zien en ze kan me ook niet horen,' zei Denise.
'Maar je bent er wel. Ik zie je heel duidelijk.'
'Leslie,' zei mijn moeder, 'wat zit je toch in jezelf te praten?'
'Maar …,' stamelde ik, 'maar, mama …'
'Je hoeft niet hardop te praten,' zei Denise. 'Je kunt in gedachten met me praten.'
'Ga nu slapen,' zei mijn moeder. 'De reis is nog zo lang.'

'Goed,' zei ik. Ik deed mijn ogen dicht. Ik zag Denise niet meer.

Ik deed mijn ogen open en ik zag Denise glimlachend naar me kijken.

Zie je wel, dacht ik, ik droom niet.

'Nee,' zei Denise, 'het is geen droom. En? vroeg ze. 'Vind je het fijn als ik met je meereis?'

'Natuurlijk,' zei ik in gedachten, 'dat is m' grootste wens. Nou ja, ik was natuurlijk nog liever , Curaçao gebleven.'

Ik keek naar mijn moeder. Ze las rustig verder. Zij kon mijn gedachten niet horen, maar Denise wel.

'Weet je,' zei Denise, 'we kennen elkaar al heel lang. Maar ik merkte pas dat ik tot over mijn oren verliefd op je ben, toen we afscheid namen in Willemstad.'

'Ik ook!' riep ik uit.

'Leslie!' zei mijn moeder. Ze keek me bezorgd aan. 'Wat heb je toch? Het lijkt wel of je aan het ijlen bent.' Ze legde haar hand op mijn voorhoofd en zei: 'Nee, je hebt geen koorts.'

Denise klapte in haar handen van plez

'Moeilijk, hè!' lachte ze, 'het is zo moeilijk om in gedachten te praten, ha, ha!'

'Ja, lach maar,' zei ik in mijn hoofd. 'Mijn moeder denkt dat ik hartstikke getikt ben.'

'Ik zal je nu maar met rust laten,' zei Denise. 'Verderop is nog een lege stoel, daar ga ik slapen. Ik wist niet dat reizen zo vermoeiend was. Slaap lekker, lieve Leslie.'

'Slaap lekker, lieve Denise.'

Wat een uitzicht

Ik ben nu een week in Nederland.
Het wordt tijd dat ik vertel wat er tot nu toe is gebeurd.
Ik weet niet wat ik het eerste moet vertellen, omdat alles nogal verwarrend is.
Het is zomer in Nederland. Dat staat vast.
Nederland is veel groener dan ik had gedacht.
Groener dan Curaçao. De uitgestrekte weilanden met
de koeien en de wilgen langs de slootjes vind ik echt
mooi.
Ik had gehoord dat Nederland zo vol was. Dat valt
best mee, als je tenminste in de zomer niet naar het
strand gaat. Ik wist echt niet wat ik zag, toen ik de eerste keer aan zee was en duizenden en duizenden mensen in het zand zag liggen. Zo ver als je kon kijken.
Het leek wel alsof het mensen had geregend.
Het was ook wennen aan al die witte mensen. Nou ja,
ik ben zelf ook wit, maar als je gewend bent om tussen
zwarte mensen te wonen, doet al dat wit in het begin
pijn aan je ogen. Ik bedoel daar niets kwaads mee,
hoor. Ik vind witte mensen niet minder dan zwarte
mensen. Ik ben tenslotte zelf ook blank, zoals ik al
zei. Ik vertel gewoon zoals het is.
Mijn vader zei dat er in Nederland veel buitenlanders
zijn komen wonen. Ook Antillianen. Ik heb ze nog
niet gezien. Die wonen zeker in de steden. En aan het

strand zie je er ook weinig.

Het is allemaal zo vreemd en nieuw. Zo vreemd en onwerkelijk.

O ja, dat vergat ik te vertellen. Ons huis staat een paar kilometer van zee. Dat is wel fijn. Het is groter dan ons huis op Curaçao. Mijn kamer is ook heel groot, zoals mijn vader me al had verteld.

Er gebeurde iets wonderlijks toen mijn vader me mijn kamer liet zien. Dat ging zo.

'Kom eens, Leslie,' zei mijn vader. Hij nam me mee naar mijn zolderkamer. Ik had niet gedacht dat hij zo groot was! Het was zo'n beetje de hele zolderverdieping.

'Ik heb je spullen er alvast ingezet. Maar je mag het natuurlijk veranderen.'

Hij keek me aan alsof hij mij de kamer verkopen wilde.

'Kijk eens,' zei hij. 'Je eigen computer met internetaansluiting.'

Ik had hem al zien staan op mijn bureau. Ja, dat was natuurlijk wel fijn, maar ik voelde er nog niks bij.

'En, wat vind je ervan?'

Ik haalde mijn schouders op.

'Nou, kom op zeg. Je kunt toch wel een beetje enthousiaster doen. Welke jongen van jouw leeftijd heeft zo'n grote kamer?'

'Kan mij het schelen wat andere jongens hebben,' riep ik. Dat toontje van mijn vader begon me echt te irriteren. Had ik hem soms om zijn hals moeten vliegen? Had ik moeten zeggen: 'O, lieve pap. Wat een mooie kamer heb je me gegeven.' Bekijk het! Het ís een mooie kamer, maar ik heb er niet om gevraagd.

Mijn vader haalde diep adem en ging verder met verkopertje spelen.

'Kijk eens wat een uitzicht,' zei hij. 'Dat is het fijne van een zolderkamer. Je kunt heel ver kijken.'

Ik keek naar buiten door het zolderraam.

'Prachtig toch?' zei mijn vader.

Het was alsof er een kurk in mijn keel schoot. Op het dak van de overburen zat Denise. Ze zwaaide vrolijk naar me.

De kurk schoot net op tijd uit mijn keel, want anders was ik gestikt.

'Denise,' stamelde ik.

'Wat is er, Leslie?' hoorde ik mijn vader vragen. Zijn stem klonk zo ver weg dat ik er geen aandacht aan schonk. Ik hoorde Denise veel duidelijker dan hem.

'Ik wilde je nieuwe huis even bekijken,' zei ze. 'Je woont hier niet slecht, hoor. Ik bedoel, het is geen Curaçao, maar je mag niet mopperen. Weet je dat ik vanaf hier de zee kan zien?'

'Waarom kom je niet bij me op mijn kamer?' vroeg ik. Niet hardop, maar in gedachten. Dat kan ze horen, wist ik nog van ons gesprek in het vliegtuig.

'Ander keertje, misschien,' zei Denise. 'Ik ben liever buiten.'

Ze stond op en liep als een koorddanseres over de nok van het dak.

'Pas nou op!' riep ik uit.

'Leslie!' zei mijn vader. Stom! Ik was vergeten om in gedachten te praten.

'Tegen wie heb je het?'

Ik keek mijn vader aan.

'Ja, pap,' zei ik, 'het is een mooi uitzicht.'

'Het leek net alsof je een geest zag,' zei mijn vader.

'Een geest?' vroeg ik.

'Nou ja,' zei mijn vader. 'Ik snap best dat je een beetje in de war bent. Al die nieuwe indrukken moet je natuurlijk nog verwerken. Je moet maar de tijd nemen om te wennen aan je mooie, nieuwe kamer.'

Ik zei niets. Ik trapte er niet in. Mijn vader keek me even aan om te zien of hij me al had overtuigd.

Hij ging op het bed zitten en zei: 'Ik weet zeker dat je je hier thuis zult voelen.'

'Nou, dat weet ik helemaal niet zo zeker,' bromde ik, zo zachtjes dat mijn vader het niet kon verstaan.

'Wat zeg je?' vroeg hij.

'Niks.'

Mijn vader stond op. 'Oké,' zei hij. 'Ik laat je maar even alleen.'

'Graag,' zei ik.

Hij ging naar de deur, maar hij kon niet laten om nog even te zeggen: 'Ik wou dat ik als jongen zo'n kamer had gehad.'

En ik wou dat ik een andere vader had, die niet hoefde te verhuizen voor zijn werk, dacht ik. Maar ik zei het niet, want ik heb geen slechte vader. Het was niet helemaal zijn schuld. Maar hij moest niet doen alsof ik erop vooruit was gegaan, want dat was niet zo.

Toen mijn vader weg was, keek ik uit het raam. Ik zag Denise niet meer. Ik praatte heel hard in gedachten met haar, maar ze gaf geen antwoord.

Ik ging achter de computer zitten en zette hem aan.

Na een tijdje zoeken en proberen had ik door hoe hij werkte.

Ik pakte het papiertje van Denise uit mijn portemonnee en tikte haar e-mailadres in.

'Lieve Denise', schreef ik. En terwijl ik haar naam intikte, zag ik haar voor me, zoals ze me aankeek op het terrasje in Willemstad.

'Fijn dat je met me bent meegekomen. Zonder jou zou het allemaal veel moeilijker zijn geweest. Ik kan je zien en ik kan je horen.'

Plotseling werd ik zo duizelig dat ik me aan de rand van mijn bureau moest vastgrijpen om niet van mijn stoel te vallen.

Het leek wel alsof ik een komeet was geworden, die zijn koers kwijt was. Ik draaide en tolde door een inktzwarte ruimte.

Ik vloog langs sterren en planeten. In het voorbijgaan zag ik een bewoonde planeet, want vreemde wezens zwaaiden naar me.

Niet vergeten om thuis te vertellen, dacht ik. Er is leven buiten de aarde. En ik vloog weer verder door het heelal, totdat het eindelijk lichter werd.

Ik deed mijn ogen open en zat achter mijn bureau.

Ik stond op, ging naar het raam en keek naar buiten.

'Denise, waar ben je?' vroeg ik, maar ik kreeg geen antwoord.

Ik ging terug naar mijn computer.

Het is allemaal verbeelding, dacht ik. Denise is niet echt met me meegekomen. Ik verzin het. Ik las de e-mail door en wiste alles. Ik begon opnieuw.

Hallo Denise,

Ik ben net in Nederland. Van de reis weet ik niet veel meer, omdat ik sliep. Het is hier gelukkig nog niet koud, want het is zomer.
Ik heb een grote zolderkamer met een mooi uitzicht. Mijn kamer is veel groter dan die in Curaçao. Ik heb ook een eigen computer met internet, dus ik kan je zo vaak mailen als ik wil.
Ik denk dat het nog heel lang zal duren, voordat ik hier gewend ben. Ik hoop dat je snel wat van je laat horen.

Leslie.

Ik had eerst 'veel kusjes van Leslie' geschreven, maar dat heb ik maar weggehaald.

Ik drukte op verzenden en zag in gedachten mijn berichtje over de oceaan gaan, helemaal naar Curaçao en ik wilde dat ik een e-mailbericht was dat in één seconde aan de andere kant van de wereld kon zijn.

Heel veel kusjes, tralala

De verf spettert door mijn kamer. Ik ben in een goede stemming, want ik kreeg al snel een e-mail terug van Denise.

Ze had er 'lieve Leslie' boven geschreven.

Daar was ik blij mee, hoor.

Ik durfde zelf niet 'lieve Denise' te schrijven, maar zij wel. Daar knapt een mens van op, zou mijn moeder zeggen.

Ze had ook 'heel veel kusjes' geschreven.

Wat ze verder schreef ben ik alweer vergeten. Iets over school, geloof ik. Maar dat 'lieve Leslie' zingt door mijn hoofd.

Lieve Leslie, tralala.
Lieve Denise, tralala.
Lieve Leslie, tralala.
Lieve Denise, tralala.

'Leuk liedje. Zal ik je helpen?'

Ik draai me om en zie Denise op de rand van mijn bed zitten.

Ai, ze glimlacht weer zo betoverend waardoor ik ga gloeien over mijn hele lichaam.

'Fijn dat je er bent,' zeg ik. 'Je liet me de vorige keer wel schrikken. Ik dacht dat je van het dak was gegleden.'

'Was ik ook,' lacht Denise, 'maar ik heb me geen pijn gedaan, hoor. Ik kwam boven op een vuilniszak terecht. Kom op, laten we je kamer eens mooi gaan maken.'

'Wacht even,' zeg ik, 'dan moet ik eerst een kwast voor je halen.'

Ik ren naar beneden, stuif langs mijn moeder, pak een kwast en ren naar boven.

Gelukkig, Denise is er nog.

'Alsjeblieft,' zing ik, 'pak deze kwast maar vast.'

'Van een kwast heb ik geen last,' zingt Denise.

'Verf, verf, tegen het bederf,' zing ik.

'Schilder, schilder, het wordt steeds wilder,' zingt Denise.

We lachen en zingen, terwijl de verf in het rond spettert.

'Denise, Denise, jij bent de liefste,' zing ik.

'Dat rijmt niet,' zegt Denise.

'Als ik denk aan Denies, vergeet ik de pijn in mijn kies,' zing ik.

Denise ligt dubbel van het lachen.

'Leslie, Leslie, jij bent beter dan Elvis Presley,' zingt ze.

Onze kwasten dansen over de muur.

De wand naast mijn bed schilderen we rood met een groene boom erop. De wand bij mijn bureau wordt groen.

Aan het plafond plakken we een lichtgevende maan en sterren.

'Nu is het net alsof je op Curaçao bent,' zegt Denise.

'Als je in je bed ligt, kijk je naar de tropische sterren-hemel.'

'En dan denk ik dat jij bij me bent,' zeg ik.

'We dopen jouw kamer Klein-Curaçao,' zegt Denise.

'Klein-Curaçao, ik hou van jou,' zing ik.

'Lieve Leslie, tralala,' zingt Denise. 'Ik moet weer gaan hoor, tralala.'

'Lieve Denise, tralala. Kom gauw weer terug, tralala.'

'Heel veel kusjes, tralala,' zingt Denise.

'Heel veel kusjes, tralala,' zing ik.

Ze klimt uit mijn raam.

Ik kijk haar na. Ze loopt over de nok van het dak.

Ze kijkt achterom en zwaait.

'Doe nou voorzichtig!' roep ik.

Ze gaat zitten en laat zich zo van het dak afglijden.

Ik hoop maar dat er een vuilniszak bij het huis staat.

Als mijn moeder komt kijken, valt haar mond open van verbazing.

'Hoe heb je zo snel je kamer kunnen verven?' vraagt ze.

'Ik heb gewerkt voor twee,' zeg ik lachend, want ik kijk wel uit om haar iets over Denise te vertellen.

'Ja, daar lijkt het wel op,' zegt mijn moeder. 'Ik wist echt niet dat je dit in je had. En het is ook zo ...zo ....'

'Zeg het maar.'

'Ik wou bijna zeggen: zo meisjesachtig, maar dat klinkt niet aardig. Ik bedoel het wel als een compli-ment hoor. Ik vind het echt prachtig!'

'Meisjesachtig?' vraag ik.

'Ja, zo sierlijk en zo decoratief en zo …, nou ik heb er gewoon geen woorden voor. Je hebt het echt met veel plezier gedaan, dat zie je er zo aan af.'

'Ja, mam,' zeg ik lachend, 'ik heb het met veel plezier gedaan. Met zo veel plezier dat ik erbij gezongen heb.'

'Was jij dat?' vraagt mijn moeder verbaasd. 'Ik heb wel horen zingen, maar ik dacht dat het uit een ander huis kwam. Ik dacht ook een meisjesstem te horen.'

'Die kun jij niet horen, mam,' zeg ik, 'in het vliegtuig hoorde je haar ook niet.'

'Wie hoorde ik in het vliegtuig niet?' vraagt mijn moeder. 'Waar heb je het in hemelsnaam over?'

'Ik bedoel eigenlijk,' zeg ik, 'dat ik met twee stemmen kan zingen; een hoge en een lage. Mijn hoge stem klinkt als een meisjesstem. Die heb je zeker gehoord.'

Ik zet mijn hoge stem op, maar die klinkt zo vals dat ik er maar snel mee ophoud.

'Dat zal het dan wel geweest zijn,' zegt mijn moeder en ze kijkt me heel vreemd aan.

Allemaal aliens

De vakantie is voorbij, de scholen zijn begonnen.

Ik ben al de hele week naar mijn nieuwe school geweest en dat was zo vermoeiend dat ik geen puf had om te schrijven.

Op school zit ik stil in mijn bankje.

Ik durf niets te zeggen.

Ik wil echt wel, maar als ik iets zeg, krijg ik een rooie kop en begin ik te stotteren.

Dat heb ik nog nooit gehad. Het is vreselijk en ik begrijp het niet.

Op Curaçao was ik altijd een van de besten van de klas, maar nu niet meer.

Het lijkt wel of de meester les geeft in een vreemde taal. Het is zo raar. Ik versta wel wat hij zegt, maar ik begrijp het niet.

Vaak hoor ik hem ook niet. Ik zie alleen zijn bewegende lippen of zijn wenkbrauwen die zo raar op en neer gaan. Zijn woorden zijn klanken die niets betekenen.

Zijn de lessen hier zo veel moeilijker dan op Curaçao? Ik weet het niet. Het is in elk geval anders. Heel erg anders.

Af en toe schrik ik op, omdat de meester wat aan mij vraagt. Dan bloos ik zo hard dat mijn hoofd lijkt te ontploffen.

Ik begin ook te stotteren. Ik zie de kinderen denken:

die vreemde jongen is niet helemaal goed bij zijn hoofd.

Het enige leuke aan de afgelopen week was het bezoekje van Denise.

Op een dag stond ze ineens voor de klas naast de meester.

'Hallo, lieve Leslie,' zei ze.

'Hallo, lieve Denise,' zei ik. 'Ik ben blij dat je er bent, want ik voel me hier zo alleen. Het lijkt net alsof ik op een vreemde planeet ben.'

Daar moest Denise om lachen.

'Je bent een alien,' zei ze.

'Ik niet,' zei ik, 'de mensen hier zijn aliens.'

'Zo kun je het ook zien,' zei ze. 'Volgens mij hoef je niet bang voor ze te zijn.'

'Bang?' vroeg ik. 'Denk je dat ik bang ben?'

'Nou ja,' zei Denise. 'Ik zou aliens niet direct vertrouwen.'

'Dat is waar,' zei ik. 'Misschien overdrijf ik een beetje. Ik weet best dat het geen buitenaardse wezens zijn, maar ze zijn wel anders dan ik.'

'Lieve Leslie toch,' zei Denise. 'Je bent altijd al anders geweest. Daarom vind ik je ook zo leuk. Op Curaçao was je ook anders. Weet je dat niet meer?'

Daar moest ik diep over nadenken.

Misschien was ik vroeger ook anders, maar dan wel in mijn eigen omgeving. Nu ben ik anders in een vreemde omgeving.

'Je hebt eens tegen me gezegd dat je veel van de wereld wilde zien. Je wilde de piramides in Egypte zien. Toen je hoorde dat er nog indianen in het oerwoud leven, wilde je naar het oerwoud.

Je vroeg eens aan mij of we samen gingen fietsen op de Chinese muur.

En je wilde ook nog berggorilla's gaan bekijken in Afrika.'

'Heb ik dat tegen jou gezegd?'

Denise knikte.

'Dat vond ik zo leuk aan je. Met jou kon je fantaseren en dromen over avonturen.'

Ik moest ervan blozen.

'Leslie,' zei de meester. Ik schrok op.

'Blijf jij ook bij de les?'

Ik zag de kinderen naar me kijken.

'Ja meneer, eh meester,' zei ik en ik werd nog rooier.

Op onze school in Curaçao zeiden we altijd 'meneer' in plaats van 'meester'. Hier moesten de kinderen erom lachen.

Denise lachte ook en stak twee vingers op achter het hoofd van de meester.

'Meneertje koekepeertje,' zei ze.

Nu kon ik mijn lachen niet inhouden.

'Waarom lach je, Leslie?' vroeg de meester.

'Nergens om, meneertje, eh … meester,' zei ik snel.

'Je lacht me toch niet uit?'

'Natuurlijk niet men.. meester,' zei ik.

Nu lag de hele klas dubbel van het lachen.

'Stilte!' riep de meester. De klas werd weer stil.

'Leslie, ik wil je in de pauze even spreken.'

De meester keek me streng aan.

'Ik ga maar,' zei Denise. 'Ik wil je niet in de problemen brengen.'

'Kom snel terug,' zei ik. 'Ik kan je echt niet missen.'

'Dag lieve Leslie.'

'Dag lieve Denise.'

De meester was niet echt boos. Hij zei alleen dat ik beter moest opletten.

'Hoe vind je het hier?' vroeg hij.

'Best,' zei ik. 'Ik moet alleen nog vaak aan Curaçao denken.'

'Dat snap ik wel,' zei hij. 'Ga nu maar.'

Op het schoolplein stond ik alleen. Ik keek naar de spelende kinderen.

Denise kwam naast me staan.

'En?' vroeg ze.

'Niks aan de hand,' zei ik.

'Waarom ga je niet met de kinderen spelen?' vroeg ze.

Ik haalde mijn schouders op.

'Het zijn aliens,' hield ik vol.

Denise lachte.

'Je weet best dat het niet zo is,' zei ze.

'Ik praat liever met jou,' zei ik. 'Zullen we gaan fantaseren over verre, vreemde landen?'

'We zijn toch in een ver, vreemd land?' zei ze.

'Maar zó bedoel ik het niet,' zei ik. 'Ik dacht dat je me begreep.'

'Ik hoef het toch niet altijd met je eens te zijn,' zei Denise. 'Geef nou eens antwoord. Je bént toch in een ver, vreemd land.'

'Ja, maar Denise! Ik wil erover fantaseren. Ik wil er niet echt zijn! Nu nog niet! Ik wilde naar Egypte, naar het oerwoud, naar China. Niet naar Nederland. Dat was mijn wens niet. Begrijp me toch!'

'Ik begrijp je ook wel,' zei Denise en ze sloeg een arm om mijn middel. Dat was heel fijn.

'Maar ik heb geen zin om je steeds te beklagen,' zei ze zachtjes. 'Daar schiet je niets mee op.'

'Nu praat je als mijn moeder,' zei ik.

'Sorry,' zei Denise. 'Dat was niet de bedoeling. Goed dan. We gaan lekker fantaseren over verre, vreemde landen.'

'Wat denk je van een onbewoond eiland?' vroeg ik. 'Waar wij met zijn tweetjes zijn. Waar geen aliens zijn en geen ouders.'

'Goed,' zei Denise.

En we fantaseerden over een onbewoond eiland.

We zwommen in zee en speelden op het strand totdat de bel ging.

'Ik ga nu niet mee naar binnen,' zei Denise. 'Een ander keertje kom ik weer bij je.'

Ze gaf me een kusje.

'Zet hem op, Leslie!' zei ze. 'Tot gauw!'

'Dag Denise,' fluisterde ik. 'Kom gauw weer terug.'

In de duinen

Na school ga ik altijd op de fiets naar de duinen en tuur ik over de zee.

Hetzelfde water dat hier op het strand rolt, rolt ook over de kusten van Curaçao, denk ik dan.

Ik zag laatst een mooie film: Papillon. Over een man die op een eiland gevangen wordt gehouden. Een eiland waarvan je niet ontsnappen kunt.

En als je na een ontsnappingspoging wordt gepakt, krijg je twee jaar eenzame opsluiting. Papillon wil steeds ontsnappen en steeds wordt hij weer opgepakt.

Het mooiste deel is als hij na een van zijn ontsnappingen bij indianen op een tropisch eiland terechtkomt en verliefd wordt op een indiaans meisje.

Als ik in de duinen zit voel ik me een beetje als Papillon die gevangen zit en plannen maakt om te ontsnappen.

Hoe heette dat eiland ook alweer? Duivelseiland, geloof ik.

Nou ja, ik weet best dat ik overdrijf. Nederland is geen Duivelseiland en ook geen strafkamp. Maar toch voel ik me gevangen en als ik daar dan in de duinen zit, fantaseer ik over ontsnappingen.

Ik fantaseer dat ik een vlot bouw en daarmee de oceaan oversteek naar Curaçao, waar het mooiste meisje van de wereld op me wacht. Waar we samen spelen in zee totdat de zon ondergaat.

Een geheimpje

Mijn moeder is ook nog niet gewend aan Nederland. Ze is pas twee keer bij haar vader en moeder geweest. Opa en oma wonen ver bij ons vandaan. Mijn moeder heeft het te druk om vaak naar hen toe te gaan.

'Ik vind het vreselijk dat er hier zo negatief over Antillianen wordt gesproken,' zei ze gisteren tijdens het avondeten.

'Ze doen alsof het allemaal criminelen zijn. Wat denken die verwaande Hollanders wel! Dat zij zo veel beter zijn?'

'Kindje, wind je niet zo op,' zei mijn vader. 'Zo zit de journalistiek nu eenmaal in elkaar. Ze berichten alleen als er iets fout gaat. Over de goeie dingen lees je niet.'

'Daar wind ik me wel over op!' riep mijn moeder. 'Wat denken die kaaskoppen wel!'

'Maar het is toch ook echt een probleem,' zei mijn vader.

'Kan wel wezen! Maar ze kijken alleen naar de negatieve kanten. Ze gaan er wel op vakantie om te genieten van onze mooie baaien en ons fijne klimaat.'

'Onze?' vroeg mijn vader. 'Die zijn nooit van ons geweest, hoor.'

'Nou, zo voelt het wel. Ik begin er steeds meer spijt van te krijgen dat we zijn weggegaan.'

Mijn hart begon te bonken.

Goed zo ma! dacht ik. Zet hem op! Misschien gaan we dan weer terug.

Denise stuurde me een mooie e-mail:

Lieve Leslie,

Veel mensen hier willen naar Nederland, want ze denken dat het leven er beter is. Ik zou ook best naar Nederland willen. Niet om er te wonen, maar gewoon voor vakantie. Misschien wil ik later wel naar Nederland om er te studeren, want dat kan daar beter dan hier.
Ik wil ook best weten hoe je daar woont. Hoe je huis eruitziet en je kamer en je school. Ik zou willen zien hoe de winter is. Ik heb nog nooit sneeuw en ijs gezien. Het lijkt me best leuk om te glijden op ijs en om sneeuwballen te gooien. Niet te lang hoor, want ik kan niet tegen de kou. Dat lijkt me wel wennen voor jou. Of is het nu niet koud in Nederland?
Ik heb eindelijk een snorkel en een duikbril gekregen van mijn vader. Ik ben gisteren meteen gaan zwemmen.
Het was wel wennen om te ademen met een snorkel. In het begin kreeg ik steeds water binnen, maar dat kwam omdat ik hem niet goed op had en het ook eng vond.
Maar nu kan ik het.
Ik vond het zo mooi onder water. Al die gekleurde vissen. Soms zwom ik gewoon in een school visjes. Ik kon

ze aanraken. Misschien is het wel het mooiste wat ik
ooit heb gezien.
Mail je me weer snel?

Je vriendin Denise.

Ik was verbaasd dat Denise nog nooit had gesnorkeld.
Ik had het zo vaak gedaan en iedere keer vond ik het
weer prachtig. Ik kreeg door Denises e-mail zo'n zin
om te gaan zwemmen en te snorkelen. Ja, wat was het
mooi om met een duikbril te drijven in de baaien van
Curaçao.
Ik was ook blij dat ze schreef: 'Je vriendin Denise.'
Misschien kon het nu. Misschien kon ik haar nu vertellen wat ik voor haar voelde.
Mijn hart bonkte zo dat het pijn deed, maar ik schreef
het toch.

Lieve Denise,

Ik moet je een geheimpje vertellen. Ik hoop niet dat je
ervan schrikt, maar je moet het echt weten. Ik vind het
moeilijk om te schrijven, want misschien verpest ik er
wel alles mee. Misschien wil je me niet meer schrij-
ven.
Nou ja, het zit zo. Ik denk elke dag aan jou. Toen we
bij elkaar op school zaten, vond ik je al heel leuk.
Maar de laatste keer dat we elkaar zagen in
Willemstad, toen we afscheid namen, voelde ik pas
hoe verliefd ik op je ben. En dat is eigenlijk steeds

meer geworden. Steeds meer verliefd.
Misschien vind je me nu wel een rare. Dat kan ik wel
snappen, want ik vind mezelf ook een rare.
Ik voel me in Nederland nog steeds een vreemde. Het
is net alsof ik in een verkeerd toneelstuk zit.
Ik snap niet zo goed wat hier allemaal gebeurt en wat
ik moet doen. Curaçao wordt steeds meer een soort
droom. Een verre droom. Alleen jij bent echt. Ik zou
wel verkering met je willen, maar dat is helemaal
raar. Hoe kun je nu verkering hebben met iemand die
je nooit ziet? Met wie je alleen maar e-mails schrijft.
Ik zou je nog veel meer willen schrijven, want jij bent
de enige aan wie ik alles durf te vertellen. Maar ik
hou er nu maar mee op, want ik ben geloof ik een
beetje in de war.

Veel kusjes van Leslie.

Ik drukte met bonkend hart op de verzendknop en
toen brak het zweet me uit. Ik dacht: stom! Denise
schrijft haar e-mails natuurlijk op de computer van
haar ouders en die lezen mijn briefje misschien. Ik
had beter een gewone brief kunnen sturen. Ik schaam-
de me dood. Ik had die e-mail nooit moeten verzenden. Ik had mezelf belachelijk gemaakt.
O, Denise! Alsjeblieft! Ik hoop dat je me begrijpt en
dat je me blijft schrijven. Ook als je niet verliefd bent
op mij!
Ik had gedacht dat ik opgelucht zou zijn als ik Denise
mijn geheim had verteld, maar ik voelde me ellendi-

ger dan ooit.
Waarom is alles zo moeilijk?

Zo'n heimwee

Het werd er niet makkelijker op, toen ik ook thuis plotseling alleen stond.

Mijn moeder had een baantje gevonden als assistente bij een dierenarts.

'Ik begin me al echt thuis te voelen,' zei ze op een dag. 'Het begin was moeilijk, maar ik ga me steeds meer op mijn gemak voelen. Vooral nu ik werk heb.'

'Zie je wel,' zei mijn vader. 'Ik had het je wel gezegd. Het is een kwestie van wennen.'

'Ja,' zei Tanja, 'het is hier heel leuk.'

'Hou jij je mond nu maar,' zei ik nijdig tegen Tanja. 'En mam, jij bent gemeen. Jij wilde ook terug naar Curaçao.'

'Wat heb jij?' vroeg mijn vader. 'Wees blij dat je moeder zich hier eindelijk thuis voelt.'

'Daar ben ik helemaal niet blij om,' zei ik. En ik smeet mijn lepel zo hard op tafel, dat hij met een sprong in mijn vaders soep belandde.

'Naar boven!' riep mijn vader. Maar dat had hij niet hoeven roepen, want ik was al opgestaan om naar mijn kamer te gaan.

Ik ging op mijn bed liggen. Even later kwam mijn moeder naar boven en ging naast me op bed zitten.

Ze streelde mijn haren.

'Leslie,' zei ze. 'Kunnen we even praten?'

Ik zei niets. Er viel helemaal niets te praten.

'Ik snap best dat je heimwee hebt,' zei ze. Toen moest ik huilen van het woordje heimwee. Dat klonk zo verdrietig. Alsof ik een heel erge ziekte had. Ik had de ziekte heimwee.

'Ach, jongetje,' zei mijn moeder. Ze streelde mijn haren alsof mijn leven ervan afhing.

'Ik verlang ook nog vaak terug naar Curaçao. Echt waar. Maar we leven nu hier. Nederland is echt zo slecht nog niet. Weet je dat duizenden vluchtelingen hun leven wagen om hier te kunnen wonen?'

Nu ging ze echt op de verkeerde toer. Ze moest dingen zeggen waarbij ik nog een tijdje lekker kon huilen.

Wat had mijn verdriet nu met die vluchtelingen te maken? Troosten is echt nog een kunst, hoor.

'Ik snap best dat je het moeilijk hebt,' zei ze. Ja, dat was een betere tekst. Ik voelde de tranen alweer komen.

'Maar ik had niet gedacht dat je het er zó moeilijk mee zou hebben.'

Nu streelde ze heel fijn mijn nek. Ik was bang dat ze weer de verkeerde dingen zou gaan zeggen.

'Ja mam,' zei ik snikkend. 'Het is heel moeilijk voor me.'

'Ik weet het, lieverd,' zei mam. 'Maar …'

'Heel erg moeilijk,' zei ik snel. 'Ik huil iedere nacht.'

Dat was niet waar. Ik huilde eigenlijk nooit. Maar ik moest mijn moeder een beetje helpen. Ik snikte zo goed als ik kon. Ik dacht aan het woordje heimwee en de tranen kwamen weer. 'Mam, ik heb zo'n heimwee,' zei ik. 'Zo'n heimwee,' herhaalde ik, omdat dat woordje zo heerlijk zielig smaakte. 'Ik zou soms net zo lief dood zijn.'

Ik schrok er zelf een beetje van. Misschien overdreef ik nu té erg.

'Dat meen je niet,' zei mijn moeder. 'Leslie, is het zo erg? Dat kan toch niet waar zijn.'

Ik zei niets.

'Kijk me eens aan,' zei ze. Ik draaide me langzaam om en keek zo verdrietig mogelijk langs haar heen.

'Kom eens hier, in mijn armen.'

Ze strekte haar handen naar me uit en ik kroop tegen haar aan. Ze drukte me tegen haar borst en hield me lekker stevig beet.

'Je bent toch mijn flinke jongen,' zei ze. 'Je moest eens weten hoeveel ik van je houd. Ja, Leslie. Je bent het liefste wat ik heb. Ik wil dat je gelukkig wordt.'

'Liever dan Tanja en papa?' vroeg ik, iets te opgewekt.

'Minstens even lief als Tanja en papa,' zei mijn moeder.

'Maar je zei dat je mij de liefste vond,' zei ik teleurgesteld.

'Ja,' zei mijn moeder, terwijl ze haar hand stilhield op mijn hoofd, 'samen met Tanja en papa.'

Ik hield er maar over op, want meer kon ik er toch niet uithalen.

'Zal ik iets lekkers voor je klaarmaken?' vroeg ze.

Ik haalde mijn schouders op. Mijn verdriet was gaan liggen als de wind na een storm. Ik snikte nog een beetje na, maar de kracht was eruit.

'Zeg maar wat je hebben wilt. Ik kan ook iets lekkers voor je kopen.'

'Nee, mam,' zei ik. 'Ik hoef niets lekkers. Het enige wat ik echt zou willen is een poesje.'

'Een poesje?' riep mijn moeder uit.

'Ja,' zei ik, 'een poesje en een dwerghamster.'

'Welja,' zei mijn moeder. 'Is één huisdier niet genoeg?'

Ze keek zorgelijk voor zich uit.

'En wie moet er dan voor zorgen?'

'Ik.'

'Daar moet ik eerst eens over praten met je vader.'

'Wat heeft die er nou mee te maken?' vroeg ik. 'Papa is bijna nooit thuis. En het is zijn schuld dat we nu hier wonen.'

'Leslie, hou daarmee op. Je vader kan er niets aan doen. Dat weet je net zo goed als ik.'

'Maar als ik een poesje en een dwerghamster had, zou ik me niet meer zo alleen voelen.'

'Goed,' zei mijn moeder. 'Ik zal het erover hebben. Misschien is het wel een goed idee.'

'Krijg ik ze?'

'Ik zal het erover hebben. Gaat het nu weer een beetje?' vroeg mijn moeder.

'Een beetje,' zei ik.

Sergio is zoek

Het dwerghamstertje kwam al snel. We kochten het in de dierenwinkel, samen met een kooi-tje.

Daarin zit een rad, zo'n ronddraaiend molentje.

Het hamstertje heet Sergio, want hij lijkt een beetje op een jongen uit mijn klas in Curaçao, die ook Sergio heet en heel snel kan lopen. Net zoals Sergio in zijn molentje. Je wordt er draaierig van als je er lang naar kijkt. Hij rent maar en hij rent maar en hij komt geen centimeter vooruit.

Sergio is leuk. Ik ben echt blij dat ik hem heb. Of had, eigenlijk. Want al snel was ik hem kwijt. Ik had per ongeluk het deurtje van zijn kooi open laten staan en nu is hij spoorloos verdwenen.

'Hoe gaat het met je rat?' vroeg mijn vader.

'Pap, het is geen rat,' zei ik. 'Het is een hamstertje.'

'Ook goed,' zei mijn vader, 'maar hoe gaat het ermee? Ik keek vandaag in zijn hok en ik zag hem nergens.'

'Hij heeft zich zeker verstopt in het zaagsel,' zei ik. 'Dat doet hij vaak.'

Ik voelde dat ik een rood hoofd kreeg.

Ik had niet durven vertellen dat Sergio al zo snel was verdwenen. Door mijn eigen stomme schuld.

'Wat is er?' vroeg mijn moeder. 'Is er iets met hem gebeurd?'

Toen stond Tanja op en liep de trap op.

'Je blijft uit mijn kamer,' riep ik haar na, maar ze was al boven.

Ik rende haar achterna en mijn moeder rende weer achter mij aan.

'Leslie!' riep ze. 'Geen ruzie maken!'

'Ze moet uit mijn kamer blijven!' riep ik. Maar Tanja deed de deur naar de zolder open en verdween in mijn kamer.

Toen ik bij haar kwam, had ze het al ontdekt. 'Mama, Sergio is weg,' riep ze.

'Dat meen je niet,' zei mijn moeder, die nu ook bij Sergio's kooitje stond.

'Kijk eens goed,' zei ik. 'Zit hij niet ergens verstopt?' We bogen ons alledrie over het kooitje.

'Ik zie hem nergens,' zei mijn moeder.

'Ik ook niet,' zei Tanja.

'Wat raar,' zei ik.

Mijn moeder keek me streng aan.

'Leslie,' zei ze, 'zeg nou eens eerlijk waar hij is gebleven.'

'Ik weet het echt niet, mam,' zei ik. 'Misschien is Tanja op mijn kamer geweest en heeft ze het deurtje laten openstaan.'

'Niet waar!' schreeuwde Tanja. 'Dat is niet waar, mam. Wat ben jij een rotjoch.'

'Tanja,' zei mijn moeder. 'Zeg eens eerlijk. Ben jij op Leslies kamer geweest?'

Tanja begon te huilen. 'Wat zijn jullie gemeen!' riep ze.

'Leslie, weet jij hier echt niet meer van?' vroeg mijn

moeder.

Ik durfde haar niet aan te kijken en piepte: 'Ik kon er echt niets aan doen. Ik denk dat Sergio zelf het deurtje heeft opengemaakt. Gisteren zag ik het, maar ik durfde het niet te vertellen. Ik heb overal gezocht, maar hij is nergens te vinden.'

'Zie je wel!' riep Tanja. 'Het is niet mijn schuld.'

'Kom,' zei mijn moeder. 'Laten we gaan zoeken.'

Met zijn drieën hebben we zeker een half uur door mijn kamer gekropen.

We zagen mijn dwerghamstertje nergens.

We ontdekten wel een paar gaatjes waardoor hij ontsnapt zou kunnen zijn.

'Hij zit vast ergens onder de vloer,' zei mijn moeder. 'Arm beestje.'

'Dierenbeul,' beet Tanja me nog toe.

De dromen van Denise

'S Avonds in bed lag ik nog heel lang wakker om te luisteren of er ergens geritsel klonk.
Maar ik hoorde alleen de wind die om het dak joeg.

Deed ik ook zo veel domme dingen toen ik nog op Curaçao woonde? Ik kon het me niet herinneren, maar hier in Nederland ging steeds alles fout. Nu was ik weer mijn dwerghamstertje kwijt. Hij was ontsnapt en waarschijnlijk door een gat in de vloer verdwenen. Ik zou zelf ook wel door een gat in de vloer willen verdwijnen. Om hem te zoeken, maar ook om Tanja en mijn moeder een tijdje niet te hoeven zien.

Ik kan het poesje dat ik zo graag wilde hebben wel vergeten. Als ik al niet voor een dwerghamstertje kan zorgen dan helemaal niet voor een poesje. Dat is niet waar. Maar ik weet zeker dat mijn moeder dat denkt. Zo is ze nou eenmaal.

Ik dacht aan Denise. Ik had na mijn laatste e-mail de computer niet meer aangezet. Ik was bang dat ik me belachelijk had gemaakt.

Toen ben ik mijn bed uitgegaan en achter de computer gekropen.

In Postvak In stond dat er een nieuw bericht was. Mijn hart bonkte zo dat het pijn deed in mijn borstkas.

Het bericht moest wel van Denise zijn. Zou ik het

openen of toch maar niet?

Met trillende vingers klikte ik op de muis van mijn computer.

Lieve, rare Leslie,

Ik vond je brief heel mooi. Ook wel een beetje verdrietig, omdat je niet kunt wennen in Nederland. Ik denk dat alles goed komt. Ik vind het ook heel jammer dat je niet meer hier bent.

We kunnen best verkering hebben. Misschien kom ik wel een keer naar Nederland. Je kunt nooit weten wat er gaat gebeuren. Dat weet je gewoon niet. Maar ik weet wel dat ik jou ook heel leuk vind.

Ik moet je iets raars vertellen. Ik droom heel vaak over je. In mijn dromen ben ik bij je.

Ik droomde dat ik met je meeging in het vliegtuig.

Ik droomde dat we samen jouw kamer schilderden.

Ik droomde dat ik op jouw school was, bij jou in de klas.

Dit was … dit was … Ik had er geen woorden voor.

Het waren de mooiste zinnen die ik ooit had gelezen.

Ik las ze opnieuw en opnieuw en opnieuw. Elke keer dat ik ze las werden ze mooier en mooier.

Als zij bij mij is, ben ik ook bij haar.

Als ik bij haar ben, is ze ook bij mij.

Ik vertel dit aan jou, omdat ik denk dat jij me begrijpt.

Ik ga het echt niet aan mijn ouders vertellen. Ze zullen me voor gek verklaren. Ze zullen zeggen dat het niet

kan, dat ik in de war ben.
De e-mail ging nog verder.

*Hier heb je een foto van mij. Dat je niet vergeet hoe ik
eruitzie, want ik sta heel stom op die klassenfoto.*

Duizend XXXX,
Denise.

Ik zat me daar toch te blozen achter het beeldscherm.
Dit was echt mooier dan ik had kunnen denken.
Ik klikte op de bijlage en Denise straalde zowat door
het beeldscherm heen!
Wat een prachtige foto had ze gestuurd.
Ik weet niet hoelang ik ernaar heb gekeken en ik weet
ook niet hoeveel kusjes ik op het beeldscherm heb ge-
drukt. Heel veel, want het glas werd helemaal wazig.
Toen heb ik de foto uitgeprint en in mijn kamer opge-
hangen.

Het salsafeest

Het was een warme dag, toen ik weer eens vanaf de duinen over de zee tuurde.

Het was erg druk geweest op het strand, een onafzienbare mensenmassa op handdoeken en kleden, onder parasols en op ligstoelen.

Maar nu liep het strand langzaam leeg.

Zelfs op Curaçao, waar de stranden veel mooier zijn en de zee veel helderder en warmer, was het nooit zo vol.

De duinen vind ik mooi. Het strand ook, als het leeg is.

Ja, de duinen zijn mooi en het is heerlijk om vanaf een duintop over de zee te turen en te mijmeren.

Het strand liep nu snel leeg, want over zee kwamen dikke wolken aanzetten.

Het zag ernaar uit dat het zou gaan regenen en onweren, maar ik had nog geen zin om weg te gaan.

Ik keek naar de mensen, die zich omkleedden en hun spulletjes bij elkaar pakten.

Ik moest lachen om de mensen die een badlaken om zich heen sloegen om hun zwemkleren uit te trekken en hun ondergoed aan te doen. Wat een onhandig gefriemel.

En dat, terwijl anderen er bijna bloot bijliepen. Vrouwen met blote borsten en een soort veter tussen hun billen.

Mannen met enge, kleine zwembroekjes waar vaak een te dikke buik overheen bolde.

De wolken rukten in een hoog tempo op en toen ze de zon bedekten werd het fris.

Het was een wonderlijk gezicht, want de ene helft van de hemel was nog blauw en de andere helft donkergrijs.

Dat had ik op Curaçao nog nooit gezien. Daar waren de wolken ook echt wolken. Hier was het een dichte, donkere en dreigende massa. Alsof de wolken achter de horizon hadden liggen wachten op het bevel: 'En nu allemaal tegelijk oprukken!'

Ze kwamen steeds dichterbij en hingen tot op de zee.

Ze spoelden als een enorme golf over het strand en verdreven de mensen van de terrasjes, want de temperatuur zakte in razend tempo.

Het werd donkerder en donkerder.

De mist was zo dik dat ik vanaf mijn mooie plekje in de duinen het strand al nauwelijks meer zag.

Ik rilde en stond op, want ik was veel te dun gekleed.

Bibberend zocht ik naar mijn fiets, maar die kon ik nergens meer vinden.

De mist was zo dik.

Voor me zag ik een schim, die naar me wenkte.

'Kom, Leslie. Kom,' fluisterde de schim.

'Denise?' vroeg ik.

Er kwam geen antwoord.

Langzaam liep ik achter de schim aan. Te langzaam, want ze was te ver vooruit en verdween in de mist.

Sneller liep ik, sneller. Ik botste tegen een afvalbak.

'Denise, wacht op me!' riep ik.

'Kom, Leslie!' hoorde ik in de verte.

'Maar Denise, ik zie geen hand voor ogen!' riep ik.

'Kan het niet wat langzamer.'

Nu zag ik haar weer.

'Hoor je het?' vroeg ze

Ik bleef staan en luisterde. Ja, ik hoorde muziek.

Ik ging op het geluid af en kwam bij een groot strand-paviljoen. Ik keek door de open deuren naar binnen. Er was feest en ik kon zo naar binnen lopen. Het was er lekker warm.

Er waren honderden mensen die dronken en aten. Een groot orkest speelde salsamuziek.

Het was een echt Caribisch feest met veel Antillianen. Ik hoorde mensen Papiaments spreken. Het was net alsof ik terug was op Curaçao.

Dank je wel, Denise, dacht ik, dat je me hier naartoe hebt gebracht.

'Wat een fantastisch feest, hè?' hoorde ik.

Ik draaide me om en keek in de stralende ogen van Denise.

'Ja,' zei ik, 'het is een fantastisch feest. Vooral nu jij er bent.'

'Zullen we dansen?' vroeg ze.

'Daar ben ik niet goed in, hoor,' zei ik.

'Geeft niet. Ik zal je leiden.'

We liepen de dansvloer op. Het orkest speelde een langzaam danslied.

'Een lekker schuifelnummer,' zei Denise lachend.

Ze pakte mijn armen en legde die om haar middel.

Het was fijn om Denise vast te houden en het was nog fijner dat ze haar armen om me heen sloeg. We dansten dicht tegen elkaar aan.

'Jammer dat je er niet altijd bent,' zei ik. 'Soms ben je er, maar altijd onverwacht.'

'Ssst,' zei Denise. 'Stil maar lieve Leslie. Het is goed zo.'

Ze legde haar hoofd op mijn schouder. Ik voelde haar wang tegen de mijne.

Ja, het is goed zo, dacht ik.

Zo had ik nog nooit met een meisje gedanst. We draaiden langzaam in het rond. Het was net alsof ik zweefde.

Het lied was veel te snel afgelopen. We lieten elkaar los en klapten met het publiek mee.

Het orkest zette een swingend dansnummer in.

Denise pakte mijn hand en draaide om me heen alsof ze een tol was. Ik pakte haar hand en draaide om haar heen.

De zaal stond in vuur en vlam. Iedereen en alles bewoog, tolde en deinde.

Ik stond me daar toch een potje te swingen. En ik vond het zo fijn!

Ik ging zo op in mijn dans dat ik alles vergat. Maar plotseling was het over. Toen ik om me heen keek, zag ik dat Denise er niet meer was.

Ik heb in alle hoeken van de zaal gekeken, maar ik zag haar nergens meer.

Een lekkere vis en een warme jas

Buiten was het nog kouder en donkerder geworden. De mist hing dik om me heen.

Mijn oren suisden nog van het salsafeest.

'Denise,' fluisterde ik, 'waar ben je?'

Het was stil op straat. Er waren zelfs geen schimmen.

In een sluier van lantaarnlicht zag ik een bushalte.

Er stopte een bus. Ik rende ernaartoe, maar hij reed weg voordat ik er was. Ik zwaaide nog, maar de buschauffeur haalde zijn schouders op en reed door.

Ik bleef wachten bij de bushalte, maar ik kreeg het zo koud dat ik op zoek ging naar een warmer plekje.

Wat moest ik doen? Mijn maag rammelde van de honger en ik voelde me zo moe.

Ik kwam langs een restaurant. Misschien kon ik daar mijn ouders bellen.

Ach, hemel! Mijn ouders! Wat zouden ze denken?

Ze zijn vast woedend, dacht ik. Maar ik kan er toch niets aan doen dat er plotseling zo'n dikke mist hing?

Ik stapte het restaurant in. Het was druk en gelukkig lekker warm.

Er stonden twee vrouwen op van hun tafeltje en die lieten een heleboel eten staan. Een hele vis en patat en nog wat salade.

Had ik maar iets bij me, een plastic zak of zo. Dan kon ik het daar in doen en mee naar buiten nemen.

Ik had zo'n honger dat ik achter het tafeltje kroop en

begon te eten. Ik kon me niet herinneren ooit zo'n lekkere vis te hebben gegeten. Hij smolt op mijn tong.

Ik keek om me heen en zag dat mensen me aanstaarden. Ik knikte ze vriendelijk toe. Maar toen een man een ober wenkte, dacht ik: ik moet hier weg.

Ik stond op en zag aan de stoel naast me een jas hangen. In een flits griste ik hem van de leuning, trok hem aan en liep snel naar de uitgang.

'Hé, hij gaat er met mijn jas vandoor!'

Het was alsof ik een klap voor mijn kop kreeg.

Een vrouw kwam met een rood hoofd op me af en greep me bij mijn arm.

'Wat moet dat met mijn jas!' riep ze. 'Jij kleine dief!'

Ik kon geen woord uitbrengen. Alle mensen in het restaurant keken me aan. Een ober zette zijn dienblad op een leeg tafeltje.

'Wat is hier aan de hand?' vroeg hij.

'Meneer, het is niet te geloven. Ik was even naar het toilet en toen ik terugkwam, zag ik deze jongen er met mijn jas vandoor gaan.'

'Is dat waar?' vroeg de ober.

'Ik wist toch niet dat die jas … het ging vanzelf …'

'Vanzelf?' vroeg de vrouw.

'Ik was verdwaald,' zei ik. 'En ik had het koud.'

'En dat geeft je het recht om jassen te stelen?' vroeg de ober.

'Mijn portemonnee zit erin met mijn creditcard en treinkaartje,' zei de vrouw. 'Als ik iets later was teruggekomen was ik het allemaal kwijt geweest.'

'Dat wist ik toch niet,' zei ik.

De vrouw kneep me gemeen in mijn arm.

'Laat me los,' zei ik. 'U doet me pijn.'

'U laat hem toch niet gaan, hè?' zei de vrouw. 'Waarom belt u de politie niet?'

'Jongen, doe eerst die jas uit,' zei de ober.

'Hoe kan dat nou als zij me vasthoudt?' vroeg ik.

De vrouw was door het dolle heen van woede. Ze pakte me met een hand bij mijn haar en liet toen pas mijn arm los.

'Je gaat er niet vandoor, ventje,' zei ze.

'Mevrouw, kalm,' zei de ober. 'Het is nog maar een kind.'

'Dit noem ik geen kind meer,' zei de vrouw, terwijl ze mijn haar zo strak vasthield dat het pijn deed.

'Laat mijn haar los, mens!' riep ik.

'Nog brutaal ook,' zei het mens.

'Kunnen we dit niet zonder politie oplossen?' vroeg de ober.

'Geen sprake van,' blafte de vrouw. 'Ik sta erop dat u nu de politie belt.'

'Laat me los!' riep ik.

'Hij gaat echt niet weg,' zei de ober. 'Daar zorg ik wel voor.'

De vrouw liet met tegenzin mijn haar los. Ik trok haar jas uit en wierp hem op de grond.

'Hier dan!'

Ik was helemaal niet bang. Het leek alsof ik meedeed aan een toneelstuk. De mensen in het restaurant waren het publiek. Ze zaten omgedraaid in hun stoelen, sommigen met een glas wijn of een vork met eten in hun hand.

Ik wilde mijn rol zo goed mogelijk spelen. Ik speelde het straatjochie dat niet op zijn mondje was gevallen en die rol lag me heel goed.

'Gooit hij 'm nog op de grond ook!' riep de vrouw. 'Bel de politie dan toch, man!'

'We kunnen toch beter zijn ouders bellen?' stelde de ober voor.

'Dat meent u niet!' zei de vrouw. 'U wilt hem zo laten gaan? Ik sta erop dat u de politie belt. Op het bureau kan hij zijn ouders bellen. Als hij die tenminste heeft en als die zich om hem bekommeren!'

Ik vond dat de vrouw haar rol ook heel goed speelde, maar nu ging ze te ver.

'Ik heb een hele goede vader en moeder!' riep ik zo hard dat iedereen het kon verstaan. 'U mag geen rare dingen over hen zeggen!'

Een paar mensen begonnen te lachen. Anderen werden kwaad. Op dat mens natuurlijk, dacht ik. Ze staan vast allemaal aan mijn kant.

'Bel de politie, toch,' riep een man uit het publiek.

Ai! Ze stonden dus niet allemaal aan mijn kant. Dat viel tegen. Maar ze vermaakten zich wel en ze leefden erg mee. Dat was ook wat waard.

'De politie is onderweg,' riep iemand in een zwart pak. Dat was zeker de baas van het restaurant.

'Mooi,' zei de vrouw. 'Dat zal die kleine dief leren!'

Er viel een stilte. De mensen gingen verder met eten.

'Kom mee,' zei de ober. Hij legde een arm om mijn schouders en zo liepen we langs de tafeltjes. Een paar mensen zeiden nog wat.

'Zet 'm op, jochie!' of zoiets.

Maar de rest at weer alsof er niets was gebeurd. Ze keken zelfs niet op, toen we langs hen liepen. Ik moest iets bedenken om hun aandacht te trekken.

Een vluchtpoging, dat was het enige wat in me opkwam. Ik wist dat ik kansloos was, maar toch rukte ik me los en rende langs de tafeltjes naar de uitgang.

Ja, dit was echt spectaculair!

Ik hoorde enkele vrouwen zelfs gillen en iemand trommelde met zijn handen op zijn tafeltje. Ik juichte vanbinnen. In één klap had ik het hele publiek weer voor me gewonnen.

Bij de uitgang werd ik opgevangen door een politieagent.

'Waar moet dat naartoe?' vroeg hij.

Op het politiebureau

De agent nam me in zijn auto mee naar het politiebureau. Ik mocht voorin zitten.

'Zo, zo, kleine boef,' zei hij. Hij keek me aan en glimlachte. 'Steel je wel vaker?'

'Nooit!' zei ik.

'Weten je ouders waar je bent?' vroeg hij.

Ik schudde mijn hoofd.

'Ik was verdwaald in de mist,' zei ik. 'Ik had het koud.'

'Het zit potdicht,' zei de agent. 'Het is een raar weertje. Hoe heet je?'

'Leslie,' zei ik.

Hij keek me aan en knipoogde.

'Ik moet je voor de vorm naar het bureau brengen,' zei hij. 'Daar bellen we je ouders.'

'Dank u wel,' zei ik. Tjonge, ik had het wel getroffen met zo'n aardige politieagent.

Op het bureau bracht hij me naar de verhoorkamer. Hij ging tegenover me zitten.

'Ik zal maar bellen. Of wil je het zelf doen?' vroeg hij.

'Belt u maar,' zei ik.

Hij toetste het nummer in en zei: 'Dag mevrouw. U heeft een zoon die Leslie heet?'

'Waar is hij?' hoorde ik mijn moeder vragen.

'Op het politiebureau, maar u hoeft u geen zorgen te maken.'

'Op het politiebureau?'

'Hij had per ongeluk een jas gestolen.'

'Een jas gestolen!' tetterde mijn moeder in de agent zijn oor.

'Nou ja,' suste de agent. 'Hij had het koud en zag een jas hangen. Ik zal het maar zeggen, zoals het is.'

'We komen hem meteen halen.'

'Hoeft niet moedertje,' zei de agent. 'Ik kom hem wel brengen. Het is een gevaarlijk weertje. Ik moet alleen even een formuliertje met hem doornemen. Daarna lever ik hem keurig bij u af.'

Het gesprek ging nog door, maar ik hoorde het niet meer. Ik zag Denise in de hoek van de kamer zitten.

'Het is wel een bijzonder avondje geworden, Leslie,' zei ze met een glimlach.

'Fijn dat je er bent,' zei ik, terwijl ik warm werd van haar stralende ogen.

'Ik wist wel dat alles goed zou komen,' zei ze.

'Goed?' vroeg ik. 'Ik krijg vast flink op mijn lazer van mijn ouders.'

'Het was toch wel de moeite waard? Ik heb nog nooit zo fijn gedanst als vanavond met jou.'

'Ja,' zei ik, 'dat zal ik nooit vergeten.'

'Wat zit je te mompelen?' vroeg de agent. 'Wat zal je nooit vergeten?'

Hij had alweer opgehangen en keek me verbaasd aan.

Ik keek verward op en zei: 'Ik zal nooit vergeten wat er vanavond is gebeurd.'

'Dat kan ik me voorstellen,' zei de agent.

Daarna pakte hij een formulier. Hij vroeg mijn naam

en adres en nog wat dingen.

'Krijg je nu een strafblad?' vroeg Denise.

Ik vond het een goede vraag.

'Krijg ik nu een strafblad?' vroeg ik aan de agent.

'Welnee,' zei de agent. 'Het is alleen maar voor de vorm.'

Hij stond op en zei: 'Ga je mee? Ik breng je naar huis.'

Denise liep met ons mee naar buiten en verdween in de mist.

Denk aan de buren

'Voortaan kom je uit school meteen thuis,' zei mijn vader.

'Waarom?' vroeg ik.

'Ik wil niet dat je nog een keer op het politiebureau terechtkomt.'

'Ik ook niet,' zei ik. 'Ineens zat alles dicht door de mist. Kan ik er wat aan doen?'

'Hoe haal je het in je hoofd om een jas te stelen?'

'Maar papa. Het was zo koud.'

'Dan nog steel je geen jas.'

'Het was geen stelen pap. Het was gewoon …'

Tranen sprongen in mijn ogen.

'Ik weet niet wat me overkwam. Het ging vanzelf. Nu doe je net alsof ik een boef ben. Dat ben ik niet, pap.'

'We wonen hier net en meteen worden we al raar aangekeken, omdat onze zoon door de politie is opgepakt.'

'Maar … door wie worden we dan raar aangekeken?'

'Wat denk je? We hebben uren naar je gezocht. Denk je dat dat onopgemerkt blijft? Denk je dat de buren niet hebben gezien dat je door de politie werd thuisgebracht.'

'Frits, hou er nu maar over op,' zei mijn moeder. 'Hij doet het echt niet nog eens.'

'Het gaat erom dat hij het heeft gedaan,' zei mijn vader. 'De hele verhuizing is al moeilijk genoeg. Op de zaak gaat ook van alles mis. Ik kan dit er echt niet bij hebben.'

'Dat is toch niet de schuld van Leslie,' hielp mam. 'Je moet er geen dingen bij halen die er niets mee te maken hebben.'

Ze keek mijn vader boos aan.

'Laten we erover ophouden. Zo vreselijk is het toch ook niet?'

'Ik vind het heel vervelend,' zei mijn vader. 'We wonen in een klein dorp. De mensen vergeten niet snel.'

'Hou nou toch eens op over de mensen. Het gaat om je zoon. Die is veel belangrijker. Geef hem de tijd om te wennen en val niet over elke kleinigheid.'

'Noem je dit een kleinigheid?' zei mijn vader.

'Jullie moeten geen ruzie maken,' piepte Tanja. 'Dan word ik heel bang.'

'Ach, lieverd,' zei mijn moeder.

Ze nam Tanja bij zich op schoot en drukte haar stevig tegen zich aan.

'We zijn allemaal een beetje in de war door de verhuizing. Snap je dat?'

'Ik wil terug naar ons oude huis,' zei Tanja. 'Daar maakten we geen ruzie en daar hoefde Leslie ook geen jas te stelen. Want het was er altijd warm.'

Mijn vader stond op.

'Ik moet nog wat doen voor de zaak,' zei hij.

Hij keek me aan.

'Ik ben een beetje gespannen,' zei hij. 'Ik weet wel dat je een goede jongen bent en dat het een ongelukje was, maar ...'

Hij maakte zijn zin niet af, draaide zich om en ging naar zijn werkkamer.

Ik ben iemand

Ik snap niet hoe, maar op school wist iedereen dat ik door de politie was opgepakt.

Toen ik het schoolplein opliep, riepen een paar jongens me al uit de verte toe.

'Hé, Leslie, hoe was het in de gevangenis?'

'Moest je boeien om?'

'Gaaf, zeg. In een politieauto. Loeiden de sirenes?'

De kinderen kwamen in een kring om me heen staan.

'Was je bang?'

'Ik dacht dat je een slome was.'

'Hij is geen slome, maar een dief.'

'Jij bent zelf een slome. Jij durft helemaal niets.'

'Wat is er nu precies gebeurd?'

Ik haalde mijn schouders op.

'Ik had het gewoon koud,' zei ik.

De bel ging en we liepen de klas in. De meester keek me lang aan, maar hij vroeg niets.

'En nu gaan we aan het werk,' zei hij streng.

In de pauze vroeg hij of ik in de klas wilde blijven.

'Wat is er gebeurd?'

Ik vertelde hem het hele verhaal.

'Heb je weleens vaker gestolen?' vroeg hij.

Ik schudde heftig met mijn hoofd. Hij glimlachte.

'Weet je,' zei hij, 'ik neem je niets kwalijk. Misschien is het ergens goed voor geweest.'

'Waarvoor dan?' vroeg ik.

'Tot nu toe was je een soort schim in de klas,' zei de meester. 'Je bent nu geen schim meer. Ik hoop dat je vanaf nu ook wat minder verlegen bent. Je hebt bewondering afgedwongen bij de kinderen.'

De meester lachte.

'Je bent echt iemand geworden! We weten wel dat je geen dief bent. We weten nu ook dat je geen bangerik bent.'

Onderweg naar huis duizelde het me. Ik was iemand geworden!

Op blote voeten in de branding

Het is herfst. De stranden zijn bijna leeg. Er zijn nu vooral mensen die hun honden uitlaten of komen uitwaaien.

Het is mijn eerste herfst in Holland. De eerste jaren van mijn leven tel ik niet mee, want daarvan herinner ik me niets.

Ik moet eerlijk bekennen dat ik de herfst mooi vind. Vooral de kleuren zijn schitterend.

Ik zit nog steeds vaak in de duinen. Nu met een strippenkaart en een mobiele telefoon. Die heb ik van mijn moeder gekregen na mijn avontuur in de mist.

'Dit mag nooit meer gebeuren,' zei ze. Ze wilde me eerst nog verbieden dat ik na school naar de duinen ga, maar ze zag al snel in dat ze me dat niet kon afnemen.

Ik heb Denise in een e-mail mijn hele avontuur verteld.

Ze schreef:

Lieve Leslie,

Ik moest een beetje lachen om je verhaal, maar ik vond het ook zielig.
Ik droom nog steeds van je en ik hoop zo dat we elkaar nog eens zien. Vast wel. Maar vergeet niet dat ik in

mijn hart bij je ben.
En in mijn dromen.

Heel veel liefs en kusjes,

Denise.

Ik zit in de duinen en tuur over zee.
Daar heel ver weg, aan de andere kant van de oceaan,
ligt Curaçao.
Ik voel me niet meer zo heel erg gevangen als vroeger.
Het gaat al wat beter.
Op school ben ik wat populairder geworden. Ik ben
zelfs al een keer uitgenodigd op een verjaardagsfeest-
je.
Maar ik zal Curaçao altijd blijven missen. Dat weet ik
zeker.

O ja, ik moet nog wat vertellen over mijn dwerghamstertje Sergio.
Een paar dagen nadat hij was verdwenen, hoorde ik
mijn moeder in de tuin praten met de buurvrouw.
'Hebben jullie ook last van muizen?' vroeg de buurvrouw.
'Nee,' zei mijn moeder. 'Voorzover ik weet niet, want
ik heb nog geen muis gezien.'
'Ik zag gisteren een wit muisje in onze kamer,' zei de
buurvrouw. 'Ik dacht, ik zal het maar even vertellen.
Want vaak gaan muizen van het ene naar het andere
huis. Misschien zit er een nest.'

Ik sprong op en liep naar hen toe.

'Mam,' zei ik, 'misschien is het Sergio.'

'Sergio?' vroeg de buurvrouw.

'Zijn dwerghamster is verdwenen,' zei mijn moeder. 'Hij lijkt op een muis, dus het zou hem best kunnen zijn.'

'Ach,' riep de buurvrouw uit. 'Dan zal ik maar snel de muizenval weghalen. Als het maar niet te laat is.' De buurvrouw ging naar binnen en kwam even later terug met de muizenval in haar hand.

'Er zat niets in,' zei ze. 'Maar je mag best even komen kijken of je hem vinden kunt.'

Ik ging met de buurvrouw mee naar binnen. We zochten overal en ten slotte vond ik hem onder een kast.

Ik was zo blij.

'Sergio, arme Sergio,' zei ik. Ik pakte hem op. Hij rilde en zijn vacht was stoffig. Hij was mager geworden.

'Nou,' zei de buurvrouw, 'het is maar goed dat ik je moeder heb gesproken. Anders …' Ze maakte haar zin niet af, maar ik zag mijn hamstertje al in de val zitten.

'Dank u wel,' zei ik en ik ging snel naar huis om mijn moeder het goede nieuws te vertellen.

Ik moest natuurlijk weer een preek aanhoren. Dat ik beter op hem moest passen en dat ik nooit meer anderen de schuld mocht geven.

Ik zit hier op mijn jas in de duinen. Het is nog niet koud, maar ik vergeet nooit om een jas mee te nemen. Soms maak ik een wandeling op het strand.

Laatst was het wel koud. Het stormde.

Ik moet er zo aan wennen om me dik in te pakken. Jas aan, das om, handschoenen aan. De strandwandelingen zijn fijn. Vooral als het hard waait en je de wind in je rug hebt.

Dan word ik bijna vanzelf vooruit geblazen.

Op Curaçao waait het ook veel en hard.

In de duinen en aan het strand ben ik gelukkig. Dan voel ik weer wie ik ben.

In het gewone leven is het net alsof ik een rol moet spelen. Alsof ik meedoe in een toneelstuk.

Het gaat dus wel veel beter, maar ik ben nooit helemaal mezelf. Ik moet altijd iemand zijn die ik niet ben. Ik doe mijn best om mijn rol zo goed mogelijk te spelen, maar het valt niet mee.

Ik ben een Nederlander, maar toch ook weer niet.

Ik ben een Antilliaan, maar toch ook weer niet.

'Je bent lief,' zegt Denise, die plotseling naast me zit.

'Je bent mijn Hollandse Antilliaantje. Wat denk je? Zullen we een stukje gaan wandelen op het strand?'

'Doen we,' zeg ik.

Ik sta op en gooi mijn jas over mijn schouder.

'Schoenen en sokken uit,' zegt Denise.

We trekken allebei onze schoenen en sokken uit en wandelen op onze blote voeten door de branding.

De boeken uit de serie **Het leven van ...** gaan over het leven van kinderen zoals jij. Lees ze allemaal!

Het allerlaatste puzzelstukje
Rubens ouders hebben het heel druk. Zijn vader rent voor zijn werk van hot naar her. Zijn moeder moet heel veel werken, omdat ze dat over een poosje niet meer kan als Rubens zusje geboren wordt.
Ruben heeft het gevoel dat hij er maar een beetje bij bungelt. En als zijn zusje er straks is, hebben zijn ouders natuurlijk helemáál geen tijd meer voor hem. Ruben denkt er sterk aan om weg te lopen. Hoelang zou het duren voor zijn ouders hem missen?

Ik leef nog!

Op een dag wordt Marthe ziek. Heeft ze te veel gesnoept
op haar vaders verjaardag? Zo onschuldig is het helaas
niet, Marthe blijkt geelzucht te hebben. Maar waarom
wordt ze niet beter? Ook al die weken in het ziekenhuis
gaat ze alleen maar verder achteruit. Steeds verder
achteruit, tot haar leven nog maar aan een zijden
draadje hangt ...
Toch komt het uiteindelijk goed.

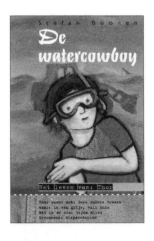

De watercowboy

Thor is vaak wanhopig, hij zou dan willen
wegzwemmen. Misschien zijn er onder water wél
plekken waar hij gelukkig kan zijn.
Het zit ook niet mee. Zijn moeder is overleden, zijn
vader is verdwenen. Thor woont alleen nog met zijn
twee oudere broers in een grijs en vuil huis. Ze hebben
geen geld, bijna niks waarover ze nog kunnen dromen.
Toch blijkt Thor een overlever, hij klampt zich vast aan
die ene, bijna onmogelijke wens: hij wil diepzee-
duiken.

Liedje van verdriet

Alles is anders geworden voor Esther op die rotte
novemberdag. Het is de dag dat haar oudere zus Judith
is verongelukt. De dood van Judith maakt Esther
verdrietig, maar ook boos. Haar ouders zijn als de dood
dat háár ook iets ergs overkomt en ze mag niet eens
meer wilde spelletjes doen.
Esther brengt briefjes voor Judith naar de oude
boom vlak bij de plaats van het ongeluk.
Van wie zijn de briefjes en de liedjes die ze ook
in de boom ontdekt?

Mijn mam is beroemd

Het lijkt leuk: een beroemde moeder en lekker veel geld.
Maar Lisa vindt haar leven vooral saai, ook al woont ze
in een grote villa en maakt ze verre reizen.
Lisa wil schrijfster worden. Maar hoe schrijf je een
spannend boek als je leven zo saai is als dat van Lisa?
Al snel hoeft Lisa niet meer na te denken over
wat ze zal gaan schrijven. Het boek schrijft zich vanzelf.
Het begint allemaal met een mailtje voor haar beroemde
moeder van iemand die beslist geen fan is ...